S'ENSVIVENT
LES DEVX
LEGENDES
DE BOVRBON
des années 1641. & 1642.

CY COMMENCE LA LEGENDE DE BOVRBON,

de l'année 1641.

*ADAME* sainte Hautefort,
Dame que j'honore plus fort
Que ie ne fais Dame Fortune,
Dame de vertu non commune,
Ie vous escrits de mon grabat,
Où sans manchette ny rabat
Ie fais assez laide grimace ;
Mais où sçachant bien que i'ay place

A

En dépit de tous mes malheurs
Parmy vos humbles seruiteurs,
Et que vous me tenez pour vostre
Autant que si i'estois vn autre,
Ie me sens le cœur bien plus fier,
Bien plus hautain, bien plus altier
Que si j'estois du parentage
De Sublet ce grand personnage,
De Monseigneur le Chancelier,
Ou de Monseigneur Boutillier.
Or pour reuenir à ma lettre,
Où force choses ie veux mettre;
Car long-temps a que ne vous vis,
Dont bien souuent ie me maudis:
Depuis que ie ne vous ay veuë
I'ay mainte Prouince couruë
Pour trouuer quelque alegement,
Mais helas tousiours vainement,
Vainement ie bats la campagne,
Tousiours ma douleur m'accompagne,
Tousiours de ma douleur chargé
Ie crie comme vn enragé:
Mais aussi ma Philosophie
Souuentesfois me fortifie.
Depuis peu ie suis de retour
De Bourbon où i'ay fait sejour

Par l'espace de six semaines,
Mais sans y soulager mes peines,
Quoy que le Ciel ayt en ces eaux
Mis des remedes pour tous maux.
Là i'ay veu Monsieur de Barriere
De là Saint-Louis le cher frere,
Et le gros Seigneur d'Auaugour
Au corps si long, au col si court,
Le Commandeur de Monteclere,
Chez qui ie faisois bonne chere;
Monsieur de Vassé le Manceau
Qui n'est encor qu'vn jouuenceau,
Mais dont le bien que ie ne mente
Vaut quinze mil escus de rente:
S'il peut deuenir accomply
Comme estoit son oncle Egully,
Il fera bien, car Renommée
Vaut mieux que ceinture dorée:
Et le pauure, homme de bien
Vaut le riche qui ne vaut rien.
Mais il peut sans aller à Rome
S'amander, car il est ieune homme,
Et ie le trouue disposé
A se rendre vn peu plus posé.
Là Monseigneur de Longueville
Petit, mais droit comme vne quille,

A ij

Vaillant, courtois, & liberal,
Magnanime, franc, & loyal,
Nous donna force Comedies:
Dieu le garde de maladies,
Car par grand excez de bonté
Deux fois de luy fus visité,
Il luy cousta deux mille liures
En argent, vestemens, & viures,
Dont les pauures Comediens
Gueux comme des Bohemiens
Deuindrent gras comme des Moines,
Et glorieux comme Chanoines.
Dont i'eus grand consolation,
Car i'ayme cette nation.
Or depuis que i'ay l'honneur d'estre
Connu de vous & vous connoistre,
En quoy ie dis la verité
Gist ma plus grand felicité,
I'ay fait certaine connoissance
Auec vn homme d'importance,
Dont i'ay le cœur bien satisfait:
Aussi c'est vn homme en effect
Qui merite beaucoup d'estime,
Et qu'on ne peut hair sans crime:
Outre qu'il honore bien fort
Madame Sainte Hautefort,

N'euſt-il que cela de loüable.
Il me ſeroit conſiderable.
Mais en luy le Seigneur a mis
Tout ce qu'il donne à ſes amis:
C'eſt le grand Comte de Bethune
Qui ſe moque de la Fortune,
Et dans vn champeſtre ſeiour
Meſpriſe les Dieux de la Cour.
Il auoit auec luy ſa femme
Vne fort agreable Dame,
Auec elle ſa ſœur eſtoit
En rien qui ne la dementoit,
Dignes ſœurs d'vn tres digne frere
Dont la Renommée eſt bien claire,
Le Comte ſainct Aignan nommé,
De vous meſme fort eſtimé:
C'eſt aſſez parlé de ce Comte,
Il faut reuenir à mon conte,
Pour ſon merite publier
I'ay penſé les noms oublier
De ceux qui quand i'y bus y burent,
Et tandis que i'y fus y furent.
Là ie vis ce grand Mareſchal
Que l'on dit n'auoir point d'égal,
Ce Maiſtre de l'Artillerie
Qui tonne auec tant de furie,

A iij

La terreur du peuple Flaman
Qui prend quatre villes par an
I'y vis aussi sa chere Espouse
Dont les appas sont plus de douze;
Vn autre Mareschal aussi
Y fut au jarret racourcy,
Homme en tout fort considerable,
Mais en ce temps peu fauorable,
Il demeure dedans Paris
A faire œillades & sous-ris.
Là i'y vis, mais en grand detresse,
Vn ieune estranger dont la fesse
Perdit quand Arras on prenoit
La cuisse qui la soustenoit,
C'est Ransau ce grand Capitaine
Qui marche depuis à grand peine:
Sa ieune femme le suiuoit
Qui de beaux blonds cheueux auoit;
Dieu luy conserue bien sa teste,
Car teste chauue est malhonneste.
I'y vis aussi Monsieur Botru
Dont l'esprit n'est pas malotru,
Ce rare diseur d'apophtegmes
Crachoit incessamment des flegmes:
Mais soulagement il receut
Par l'eau bouillante qu'il y but.

I'y vis außi de la Feuillade
Qui vaut beaucoup sain & malade,
Et le bon President l'Archer
Ayant quelque peine à marcher,
Mit d'eau chaude mainte verrées
Dans ses entrailles alterées.
L'on y prepara logement
A la femme au Surintendant:
Tapisserie fut tenduë,
Et si ce fut peine perduë.
Mais i'oubliois par grand oubly,
Dont i'aurois eu tousiours ennuy,
La Ribaudon belle & charmante
Qui but außi de l'eau boüillante.
C'estoit pour auoir embonpoint
Qu'à lors son gent corps n'auoit point:
Son Espoux estoit auec elle
Qui n'est pas si beau quelle est belle.
Dieu luy donne soulagement
Quand elle aura quelque tourment,
Et que mauuaise halaine aucune
Iamais son beau nez n'importune.
Deuers la fin de la saison
Que chacun reuoit sa maison,
Sans craindre beaucoup la froidure
Arriua Monsieur de Mercure,

Ce ieune Prince à cheueux blonds
Ie ne sçay s'ils sont courts ou longs,
Car ie ne vis point son visage,
Ie ne vis que son équipage,
A cause que le lendemain
Vers Paris ie pris mon chemin
Auec vne ieune pucelle
Dont vn baston souſtient l'esselle.
C'eſt la iouuencelle Clisson
Sœur de la belle Mombaron,
Dont la poictrine eſt haletante
Et la cuisse bien chancellante.
Mais saine elle auroit des appas
Que quantité d'autres n'ont pas,
Or de peur que noſtre Legende
Ne soit fascheuse eſtant trop grande,
Ie laisse à parler de plusieurs
Tant Damoiselles que Messieurs,
Et de peur de gaſter mon conte
Force gens dont ne fais nul compte
De crainte de vous ennuyer
Ie veux si ie puis oublier,
Ou du moins passer sous silence,
Puis vous n'en auez connoissance,
Et quand vous le connoiſtriez
Mal volontiers en parleriez.

Hommes

Hommes & femmes de campagne
Portans des habits à piſtagne,
Hommes & femmes de Paris,
Sotes femmes, vilains maris,
Hommes à la barbe touffuë,
Femmes à gorge mameluë,
Des vrais viſages de cannars
Mauuais plaiſans, francs gauguenars,
Tels que dans le pays du Maine
Eſt le bon Monſieur de Vilaine,
Car il vous en ſouuiendra bien,
C'eſt de luy que ce mot ie tien:
Toute cette troupe mal ſaine
Dont tres-putrefaite eſt l'haleine
N'eſt pas trop agreable à voir,
Et ne merite pas d'auoir
Place tant ſoit elle petite
Dedans lettre où l'on voit eſcrite
Madame Sainte Hautefort,
Qu'on eſtime par tout ſi fort,
Et puis certaine laſſitude
Donne à ma main inquietude.
Mais helas ! i'en ay bien ailleurs,
Et ie ſens ſur moy des douleurs
Telles que noſtre Scholaſtique
Qui pour moy de rigueur ſe pique

S'il m'entendoit souuent crier
Pourroit bien Dieu pour moy prier.
L'on m'a dit qu'il ne m'ayme mie
Pour certaine querimonie,
Mais que le mal que ie luy veux
Depuis les pieds iusques aux cheueux
M'afflige si pour luy rancune
Dans le cœur ie conserue aucune,
Si pour luy ie garde aucun fiel,
Ainçois ie me sens tout de miel,
Mais ô personne merueilleuse
C'est trop d'vne rithme ennuyeuse
Peut estre vous entretenir :
Auparauant que la finir,
Ie veux vous demander no uuelles
De Descars la noble pucelle,
Et sçauoir si son mal de chef
La persecute derechef.
Toutes deux vous estes personnes
Adorables, belles, & bonnes,
Pour lesquelles dedans Paris
Tout le monde m'est à mépris.
Ha quel cruel chagrin me ronge
Alors que nuict & iour ie songe
Que vous serez l'Hyuer au Mans
Ou le froid ioint à mes tourmens

M'empefche de faire voyage :
Helas qu'à bon droict i'en enrage :
Helas que vifte fut le cours
De fes irretournables iours,
Pendant lefquels i'eus l'honneur d'eftre
Connu de vous & vous connoiftre !
Helas qui me peut confoler
A moins que de me faire aller
Vers l'heureufe ville où vous eftes,
Où tant de bien-heureux vous faites,
Où i'ay pû vous confiderer
Et fans ceffe en vous admirer
La vertu la plus confommée,
La fille la plus renommée
Que la France iamais aura
Tant que le monde durera.
Felicité trop toft rauie,
Seuls moments heureux de ma vie,
Tous mes fouhaits font fuperflus,
Non non vous ne reuiendrez plus:
Ha ce trifte penfer me tuë :
Quoy que ma raifon s'éuertuë,
En vain ie tâche à le bannir,
Il vient toufiours m'entretenir,
Et me remettre à la memoire
Ce temps où i'auois tant de gloire,

Ce grand bon-heur que i'ay perdu
Qui ne me sera point rendu.
Souuent le doux penser me flate
De n'estre plus vn cul de jate,
Et qu'vn iour ie pourray marcher
Et où vous serez vous chercher,
Pour vous monstrer par mes seruices
Qu'estre ingrat n'est pas de mes vices,
Mais ie suis vn infortuné
A soufrir tousiours destiné.
Le Ciel qui m'est tousiours contraire
Pour me traiter à l'ordinaire
Ne voudra pas se relascher
A m'accorder vn bien si cher.
Bien souuent deuant la nuit sombre
Que tout Animal est à l'ombre,
Et qu'en terre sont yeux fermez
Autant qu'au Ciel feux allumez,
Le songe vient auec ses charmes
Pour quelque temps secher mes larmes:
Et lors ie pense fermement
Estre dans vostre appartement,
Sous vostre grande cheminée,
Dont si chaude estoit l'halenée:
Là ie crois vous entretenir,
Et bien souuent y voir venir

Tantost vn venerable Moine,
Et tantost vn discret Chanoine,
Ou bien certain petit vieillard
Qui parloit comme vn vray canard:
Puis vostre sœur que tant i'estime,
Et moy, mais ce n'est pas grand crime,
Rians de quelque mauuais mot
Qu'aura dit quelque pauure sot,
Ou quelque sote de Mancelle
Dont souuent puante est l'esselle,
Ou bien de quelque Campagnart
Qui veut faire du Goguenart.
Et puis ie voy la Moussardiere,
Dont le Neueu ne vesquit guere,
Et crois entendre le fracas
De ses juppes de taffetas:
Ie prie Dieu qui la guerdonne,
Car elle est fort bonne personne,
Et qui m'a souuent confondu
Par quelque seruice rendu.
Puis ie voy entrer ce me semble
Dame Anne & du Verger ensemble,
Ciuils & tous pleins d'entregent,
M'apportant dans vn plat d'argent
Quelque excellente confiture,
Dont ie faisois souuent pasture.

B iij

Ie voy dame Marie auſſi,
Dont le cœur eſt ſouuent tranſi
Quand elle parle de ſes filles
Qu'on dit auoir eſté gentilles,
Et voſtre bon cocher Nalliart,
Dont le chien eſtoit ſi gaillart,
Voſtre vilain lacquays la Chaume
Dont le pied ne ſent pas le Baume
Lors que la bruſlante ſaiſon
Luy donne quelque eſchaufaiſon.
Ie voy auſſi ſon camarade
Qui me vid vn iour bien malade,
Et voſtre grand chien Fauory,
Mais l'on m'a dit qu'il eſt pourry;
Et Ioannines les coureuſes
Qui ſouuent eſtoient amoureuſes;
Mais lors que ie ſuis eſueillé
Ie treuue que i'ay ſommeillé,
Que tout cecy n'eſt que menſonge,
Et que mon bon-heur n'eſt que ſonge,
Et qu'enfin ie ſuis dans Paris,
D'où cette Legende i'écris,
Et où i'ay l'honneur d'eſtre voſtre
Autant que ſi i'eſtois vn autre;
Dont ie me tiens le cœur plus fiers,
Et plus hautain, & plus altiers,

Que si i'estois du parentage
De Sublet ce grand personnage,
De Monseigneur le Chancelier,
Ou de Monseigneur Boutillier.

Cy fine la Legende de Bourbon,
de l'année 1641.

CY
COMMENCE
LA SECONDE
LEGENDE
DE BOVRBON,
de l'année 1642.

MADAME Saincte Hautefort,
Qu'on estime par tout si fort,
Dame, également belle & bonne
Qui dans le Ciel serez patronne
De toutes les Dames d'atour,
Si vous estiez encore en Cour,
C'est vne chose tres-certaine
Que vous ne seriez pas au Maine,

C

Et moy si i'estoi prés de vous,
Mon sort en seroit bien plus doux,
Et pourrois m'y rendre S homme
Autant que si i'estois à Rome :
Car vostre exemple est si touchant,
Qu'aupres de vous nul n'est meschant.
L'air qu'aupres de vous on respire
Aux esprits les vertus inspire,
Et par vostre deuotion,
Vostre canonisation
Vous doit estre chose si seure,
Que vous deuriez de bonne heure
Amasser l'argent qu'il faudra
Quand on vous canonisera.
Si ce conseil vous plaist prenés-le,
Et s'il ne vous plaist pas laissez-le,
Vsez en comme il vous plaira
L'auteur ne s'en offencera:
Sans doute vostre humeur modeste
A cette heure contre moy peste,
Car la loüange vous déplaist
Toute veritable qu'elle est.
Il faut donc changer de langage,
Car qui se corrige est bien sage:
ça réueillez-vous mes esprits,
Pour plaire à celle à qui i'escrits,

Et commençons noftre Legende
Qui doit eftre petite ou grande,
Selon ceux que mon fouuenir
Aura bien voulu retenir.
Certes i'ay veu maintes perfonnes,
Laides, belles, mauuaifes, bonnes,
Pauures, riches, petits, & grands,
Et tous affez mal fe portans :
Mais fans vanité ie puis dire
Que là i'eftois dans mon empire,
Et que tous m'y portoient l'honneur
Comme à leur malade majeur.
Auffi tous leurs maux joints enfemble
Prés des miens font peu fe me femble,
Mon corps n'eft plus vn corps humain
Sa peau n'eft qu'vn fec parchemin,
Dont mes os veulent faire vn crible,
Ce qui me fera bien fenfible :
O vous mes membres décharnez,
Pour feruir vous m'eftiez donnez :
Mais helas tortus que vous eftes,
Rien que me nuire vous ne faittes.
Hà fi i'eftois fans fentiment
Auffi bien que fans mouuement,
Ie ferois exempt du mef-aife
Que ie trouue dans vne chaife.

C iij

Car comment y trouuer repos,
N'estant assis que sur des os ?
Mais icy ie me glorifie,
L'homme sans cul ne s'assist mie:
Et moy pauuret ie n'en ay point,
Faute de chair & d'embonpoint.
Tréve de plaintes inutiles,
Qui mesmes ne sont pas ciuiles,
Et mettons la main tout de bon
A la Legende de Bourbon:
Ma main, ou bien celle d'vn autre,
Car point n'en a l'esclaue vostre,
Ou bien s'il en pend à son bras,
Le pauuret ne s'en aide pas.
Mais parler tousiours d'autre chose
Que de ce que ie me propose,
Et faire des digressions
Plaines de lamentations,
Ce n'est pas le moyen de mettre
Fin à cette Legende ou Lettre.
Commençons-la donc tout à fait,
Qui bien commence a quasi fait,
Premierement Gaston de France
Pour son merite & sa naissance
Sera mis icy le premier,
Par moy des hommes le dernier.

Il me demandoit à toute heure
Si i'auois point santé meilleure,
Et toutes les fois qu'il me vit,
Grand pitié de mes maux il prit.
Tous les matins i'auois la gloire
De luy voir de l'eau chaude boire;
Car ie logeois deuant les puits,
Pauure mal-heureux que ie suis,
A l'Image Monsieur S. Iacques,
Qui n'a d'autre ritme que Pasques:
Si d'autre rithme ie sçauois,
Tres-volontiers i'en vserois.
Car quelqu'vn pour faire l'habile,
Dira que c'est vne cheuille:
Et moy point n'y contrariray,
Car fort peu ie m'en soucieray.
Grand estoit l'estonnement nostre
De le voir boire comme vn autre,
Ne pensant pas en bonne foy
Qu'vn grand Prince beust comme moy.
Mais il boit ainsi qu'vn autre homme,
Aussi fait le Pape de Rome,
Et tous les Princes d'auiourd'huy
Boiuent tous ainsi comme luy :
Et vrayment c'est chose facile
Et sans estre beaucoup habile

A quiconque s'en veut mesler,
Il ne faut que bien aualler:
Pour moy voila comme i'en vse,
Si ie fais mal, que l'on m'accuse.
Apres Monsieur chacun sera
Comme à ma memoire il plaira:
Souuent la rime me maistrise
Et me fait escrire à sa guise
Tellement que souuentesfois,
I'escris ce que ie ne voudrois.
Placer chacun selon sa race
Qui le voudra faire le face:
Quant à moy ie n'en feray rien,
Et ie croy que ie feray bien.
L'vn diroit veu ma grand noblesse
Ie deurois suiure son Altesse,
L'autre veu Messieurs mes ayeulx
Ie deurois estre placé mieux,
Vn autre ie suis apres telle,
Ie deurois estre deuant elle:
Mais les premiers allant deuant
Les derniers iront en suiuant,
Comme dit fort bien le prouerbe
Des vaches qui vont à l'herbe.
Or ne pouuant rien oublier,
Ie pourois bien vous ennuyer,

Si deſcriuant cette nobleſſe
Qui fait la court de ſon Alteſſe
Ie deſpenſois pour chacun d'eux
Tantoſt vn vers & tantoſt deux.
Il vaudra donc mieux ce me ſemble
Qu'vn vers ſerue à pluſieurs enſemble:
Car tel auſſi ſe trouuera
Qui tout ſeul plus d'vn vers aura.
Or ça commençons par l'Egliſe,
Car mal-heur à qui la meſpriſe.
I'ay donc veu pres de Monſeigneur
Pere Bourgoin ſon Confeſſeur:
Et puis l'Abbé de la Riuiere,
Honny ſoit qui ne l'aime guere.
Ce la Riuiere eſt vn Abbé,
Lequel ſçait bien plus qu'à n'y bé.
Et ſa teſte à bien iuſte titre
Meriteroit de porter Mitre.
De ſon Maiſtre il eſt fort aymé,
Et de tout le Monde eſtimé:
Puis le grand Aumoſnier d'Aleſme,
Vn vray viſage de Careſme,
Aumoſnier ou bien Chapelain,
Car ie n'en ſuis beaucoup certain,
Et puis Goulas le Secretaire,
Deuant qui paſſe maint affaire.

I'ay besoin d'vne rime en oux
Pour le grand Comte d'Aubijoux,
Si i'estois assez Camarade
Du Marquis Montaigu Feillade,
I'emprunterois ses cheueux roux
Pour rimer auec Ambijoux,
Mais puis qu'auec blonde perruque
Il nous cache sa iaune nuque,
Quoy que cela luy fust aisé
I'aurois peur d'estre refusé,
Du Hailly qui commande aux gardes
Tant carabines qu'hallebardes,
Raré cét aymable garçon
Lequel a si bonne façon;
De Brion parent de la Vierge,
Ornano qui dépense en cierge
Depuis que Bernard l'homme Saint
A fait que le grand Diable il craint,
De mont de petite stature,
Mais à l'aune il ne se mesure,
De Villegaignon & Sauuat,
Valon qui tient quinze, & Leuat,
Et qui masse mille pistoles
Comme s'il massoit mille oboles,
Et le Normand Monsieur Patris,
Quoy que Normand homme de prix,

Belot

Belot dont la seconde veine
Enfante mille vers sans peine,
Homme sage à l'esprit pointu
Inimitable en l'inpromptu.
Point ny fut Clinchant le prud'homme
Qui Monsieur le Baron se nomme,
Mais bien Lenoncours, Fauoras,
Charmois, Verderonne, Almeras,
Le Grand, du Bois, la Bardouliere,
Chamoreau, d'Achis, Hurreliere,
Le Meignet, Roußillon, Fretoy,
Le Boullay, des Ouches, Belloy,
Lisiere, de Liuet, Fransure,
Lequel par saint Nicolas iure,
Sajot, la Pleße, Marcigny.
Apres eux, ie ne sçay plus qui.
Ie ne nommeray point les Pages,
Pages souuent ne sont pas sages:
Mais bien le Chirurgien Collart,
Et l'Apotiquaire Souart,
Et vn certain la Forest Suiße,
Parce qu'il m'a rendu seruice.
Ce Suiße de rouge vestu
Me semble extremement testu,
Et ie le tien pour beste fiere,
Que la pitié ne touche guiere.

D

Vn iour que i'entroi dans le bal,
Sans que ie luy fiſſe aucun mal,
Sa main ma gorge voulut prendre,
Et la prit ſans la vouloir rendre,
Comme ſi ma gorge euſt eſté
Vn bien dont il euſt herité,
Enfin il reſſentit les charmes
Qu'ont deux yeux qui verſent des larmes,
Le cœur de caillou deuint chair
De cét impitoyable archer,
Et i'entray dedans l'aſſemblée,
Eſſuyant ma face moüillée,
Mais i'oublioi Moleurier,
Quoy qu'il ſoit icy le dernier,
Quelque place que ie luy donne
Eſtant ſienne deuiendra bonne :
Et i'oubliois auſſi Delfin,
Dont le gendre eſt voſtre voiſin
Les vns diſent qu'il eſt ieune homme,
Les autres qu'au ſiege de Rome
Regiment Corſe il commandoit
Sous Bourbon qui Rome aſſiegeoit,
Et mon bon amy le Sauuage
Rare d'eſprit & de corſage,
De grande ſcience chargé,
Et qui beaucoup a voyagé,

Le liure de ses longs voyages
Et ce qu'il dit aux mariages
De deux parentes du grand Cam
Ne se vend point dans Amsterdam.
Mais quand vous l'aurez agreable,
De moy qui suis tres veritable,
Vous sçaurez la relation
De sa peregrination.
Et ce qui vous doibt bien plus plaire
Luy mesme il offre de la faire :
Son Altesse peu de temps beut,
Car dessus les iambes il cheut
Vne tres-douloureuse goutte,
Mal ou nul viuant ne voit goutte,
Fusse Brunier son medecin,
N'en desplaise à feu Iean Caluin,
C'est grand dommage que cét homme
Ne croit pas au Pape de Rome ;
Car à tout le monde il est cher,
Quoy qu'en caresme mangeant chair :
La Guenault des bains l'Esculape,
Et comme Brunier Antipape
Donnoit à chacun ses auis
Souuent heureusement suiuis,
Ce Medecin plain de science
Aussi bien que d'experience

D ij

Est vn moderne Galien
Faisant sa demeure à Gien.
De qui la contrée voisine
A sujet de faire la fine.
Son frere & son fils dans Paris
Sont de beaucoup de gens cheris,
Et pour moy ie suis à son frere
Autant obligé qu'à mon pere.
Dieu les fasse viure tous trois
Six vingts ans & quatre ou cinq mois.
Pres ma chambre en mesme montée
Certaine Dame estoit hutée,
Dont le nom se termine en ry
Alors que i'y pense i'en ry.
Elle auoit sa fille amenée
De mille affiquets atournée,
Adroicte & fort bien à cheual,
Et qui n'escrimoit pas trop mal:
Elle auoit leu Cid, & Chimene,
Theophile, & la Polixene,
Et depuis quelques iours en çà
Vn peu de l'Illustre Bassa.
Enfin cette ieune merueille,
Principalement par l'aureille,
Ressembloit ou bien peu s'en faut
A la diuine Chemeraut.

Vous eußiez dit que c'estoit elle,
Sinon qu'elle n'estoit pas belle,
Et n'auoit pas beaucoup d'esprit:
Mais qui ne la grand la petit.
Quelqu'vn pour faire le Critique,
Icy me dira Satyrique:
Mais ie pense auoir bien loüé
Ce qu'il pense que i'ay joüé,
Et puis ie ne nomme personne,
Car on sçait que i'ay l'ame bonne,
Et qu'en l'estat où Dieu m'a mis
Ie n'ay pas besoing d'ennemis.
Ie voyois tous les iours vn Comte
Dont ie ne fais pas petit compte,
On l'appelloit au temps passé
Monsieur le Comte de Nancé:
Maintenant la Chatre on le nomme
Par le commandement d'vn homme
De qui vous fustes fauory
C'est de la Reyne le mary,
Nostre bon Roy Louis le Iuste
Que le ciel bien-tost vous aiuste
Et vous renuoye à S. Germain
Plustost auiourd'huy que demain:
Ce Comte auoit grand compagnie,
Car sa table estoit bien garnie,

D iij

Et tous ceux qui chez luy difnoient
En vrays fils de louues mangoient.
Il auoit auec luy fa femme,
Mais helas cette pauure Dame
Comme nous ne pouuoit manger,
Car lors fe trouuant en danger
Les medecins luy faifoient fuiure
Vn fafcheux regime de viure.
C'eft vn grand bien que la fanté,
Et grand mal qu'eftre degouté:
Qui ne mange point faut qu'il meure,
Et qui ne fe meurt point, demeure :
Cela fe peut voir tous les iours.
Mais reprenons noftre difcours,
Ce bon Comte auec fa maignie
Nous fauffa bien toft compagnie,
Emmenant auec luy fainct Luc,
Ie voudroi qu'il fut Archidac,
Car fon efprit & fon courage
Meritent encor dauantage,
Auec luy logeoit d'Auaugour,
Mais le temps qui but fut bien cour:
Ie croi que ce fut à grand ioye
Qu'il fe remit deffus fa voye
Qui certainement le menoit
Où l'Infante du Lude eftoit.

Puiſſe-on voir bien toſt lignée
Sortir d'vn ſi bel hymenée.
Certes ce qui d'eux ſortira,
Petit n'y maigre ne ſera.
Autre Comte ie vis encore,
Reſplendiſſant comme l'Aurore,
Monſieur le Comte de Gonnor,
A trois laquais galonnés d'or.
De grand dames nous n'auiõs gueres,
Que la dame de Leſdiguieres,
Mais elle toute ſeule en vaut
Cent autres ou bien peu s'en faut.
C'eſt vne excellente perſonne,
Honneſte, riche, belle, & bonne.
Ie ne voulois pas l'aller veoir,
Car il n'eſt pas en mon pouuoir
De faire aucune reuerence,
Et ie n'auois pas l'aſſeurance
D'aller veoir ſans rendre ſalut
Vne dame qui tant valut.
Mais par ſa bonté non vulgaire
Elle m'inuita de le faire,
Tellement que l'on m'y porta,
Ou fort bien elle me traicta.
Cette femme eſt de belle taille,
Et ne marche point en canaille.

Car grand paraſſol elle auoit,
Porté d'vn page qui ſuiuoit,
Sans rien augmenter ny rabattre:
Pages auoit trois, laquais quatre.
Iugez par cét eſchantillon,
Si ſon train n'eſt pas bel & bon.
Elle auoit ſa fille amenée,
Des dons du Ciel fort bien ornée,
Et qui fait eſperer vn iour
D'eſtre l'ornement de la Cour.
Dieu garde la mere & la fille
Aux champs auſſi bien qu'à la ville,
Et Dieu nous garde des meſchants
A la ville auſſi bien qu'aux champs,
Et de ces langues viperines
Qui mordēt plus fort que vermines.
Autre grand dame à Bourbon vint,
Laquelle pres d'vn mois s'y tint,
Pour de l'eau ſalutaire prendre:
Et l'ayant priſe pour la rendre,
Car certes le peril eſt grand
A qui ſans la rendre la prend.
Or cette belle & ieune dame
Eſtoit vefue, & iadis fut femme
D'vn braue & vaillant Mareſchal
Qui maintenant eſt bien ou mal:

Ie

Ie veux vous le faire connoiſtre,
En grand eſtime il ſouloit eſtre,
Son fils Schomberth eſt auiourd'huy
En grand eſtime comme luy.
Mais parlons de ſa belle mere,
Vn braue Prince eſt ſon beau frere,
Et outre qu'elle ayme bien fort
Madame ſainte Hautefort,
C'eſt vne Dame de merite,
Dont la beauté n'eſt pas petite,
Courtoiſe elle eſt au dernier point:
Maudit ſoit qui ne le croit point.
Elle auoit ſa fille poſthume,
Dieu la veuille garder du rhume,
Et de tout mal cauſant eſmoi :
Amen, & pour elle & pour moy.
Elle auoit dans vne grand cage
Vn perroquet de grand corſage,
De l'oublier i'auroi grand tort,
Cét oiſeau qui me plut ſi fort.
Ce perroquet à iaune teſte
Chez moy ne paſſe point pour beſte,
Et i'ay connu qu'aſſeurément
Il auoit du raiſonnement,
Et eſtoit animal riſible,
Ce que vous croirez impoſſible:

E

Car lors que quelqu'vn il mordoit,
Le traiſtre à rire ſe prenoit.
Il chantoit d'vne voix exquiſe.
Deux ou trois de nos chants d'Egliſe,
Teſmoignant toute l'action
D'vn qui chante en deuotion.
Si les cartes il eut peu battre
On pouuoit auec luy s'ébattre,
Car au piquet que bien ſçauoit
Gaigné quelque argent il auoit.
I'ay remarqué dans ſon viſage
Ie ne ſçay quoy d'vn homme ſage.
Enfin ce braue perroquet
D'vn ineſpuiſable caquet
Eſt vne fort bonne perſonne,
Et ie croy qu'il a l'ame bonne;
Partant icy ie l'ay compris
Sans crainte d'en eſtre repris.
Tous ceux qui l'auront peu cogniſtre
Confeſſeront qu'il deuoit eſtre,
Encore qu'il ne ſoit qu'oyſeau,
Placé parmy nos beuueurs d'eau.
Or-çà, Madame ma memoire,
Dites moy qui vis-ie encor boire?
Ne vis-ie pas de Viantais
Qui ne va qu'entre deux laquais?

Malheureux que ie suis que nay-ie
Ce mediocre priuilege,
Que deux hommes me souftenant,
Ie deuinse allant & venant:
Car ie puis auoir plus d'vn homme,
Et deux eft de mon train la somme.
Ie vis encore Iaquinot,
Plus sage que luy n'eft pas fot,
Et vne dame de Contade,
Qui n'eftoit pas beaucoup malade,
Et puis Monsieur de Louuigny
A qui la lumiere a failly;
Les sieurs le Gendre & Graffetiere,
De sainct Ponts, & la Blanchardiere,
Le Vandomoisin Rochambaut
Qui rime à Bourbon Larchambaut,
Le Marquis de Busy de Vaire,
I'ay grand peine à rimer en aire,
Mais mettant Vaire auant Busy
Ie rimeray fort bien ainsi,
Et vn qui Despallais se nomme,
Honneste & braue gentil-homme,
Et la Baronne de Gondras
Vefue d'vn ieune fier à bras,
Et puis certain Marquis ou Comte
De qui l'on ne fait pas grand compte:

Dedans Bourbon chacun doutoit,
Si Comte à bon tiltre, il estoit.
Mais quand à moy i'oze bien dire
Qu'il n'estoit qu'vn Comte pour rire,
Car il est enfant de Paris,
De qui bien souuent ie me ris.
Puis ie vis Fransaiche & sa femme,
Braue Monsieur, braue Madame,
Lesquels m'emmenerent chez eux,
Ie ne pouuois pas estre mieux
Dans la prouince Bourbonnoise,
Car dans cette maison courtoise
Vn mois durant ie fus traicté,
Comme si leur fils i'eusse esté.
Certes si par la bonne chere
On peut soulager sa misere,
Ie mangeoi là comme vn vray loup,
Et m'y remplissoi iusqu'au cou.
Mais que ie ieûne ou que ie mange,
Mon pis en mieux point ne se change.
Mais n'ai-je pas assez chanté
Hommes & femmes sans santé?
Asseurément ie cours fortune
Qu'vn si long discours importune
Madame saincte Hautefort
Qu'on estime partout si fort,

Attendez vn peu que i'y songe
Pendant que mes ongles ie ronge,
Ouy mon gosier reposés vous,
Trop chanter engendre la toux.
Songeons à faire la retraite,
Et que bien-tost elle soit faite,
Aussi-bien tant malade suis
Que plus escrire ie ne puis.
Voyla donc ceux que i'ay veu boire,
Desquels ie veux auoir memoire.
Les autres à Bourbon venus
N'ont pas l'honneur d'estre conus
De vous Dame que ie reuere
Autant que Monseigneur mon pere.
Or moy qui vous escris cecy,
Dedans Bourbon i'estois aussi.
Mais ie ne sçay si ie dois mettre
En grosse ou bien moyenne lettre
Parmy tous ces beaux noms le mien?
Feray-ie mal feray-ie bien?
Ie n'ay pas grand subiect de craindre
Qu'aucun de moy se puisse plaindre,
Car ie n'ay rien dit que de bon.
Me mettray-ie donc? pourquoy non?
De pires noms il se rencontre.
C'est donc raison que ie me montre,

Et puis ie rime à Montoron,
Car mon nom se termine en ron.
Heureux d'auoir rime commune
Auec ce mignon de Fortune,
Mais ie me trouue en grand soucy
De sçauoir si i'ay reüßi,
Car ie sens bien que cét ouurage
Plus court auroit pleu dauantage,
Et ne peut auoir la beauté
Qu'on trouue dans la nouueauté,
Comme l'auoit sa sœur aisnée
Laquelle nasquit l'autre année,
Et laquelle vous pleust si fort :
Mais tout n'a pas vn mesme sort.
Ie ne sçay quoy me persuade,
Que tout cecy vous sera fade,
Et que ne trouuant rien de bon,
Quoy qu'il ait le nom de Bourbon,
En ce present ouurage nostre
Vous vous en ferez faire vn autre :
Ce qui me feroit vn affront
Qui rougiroit mon petit front.
Et ainsi ma muse ou musette
Ne vous auroit pas satisfaite,
Et ainsi ma dolente main
Se seroit fatiguée en vain,

Et ainsi taschant de vous plaire
Ie n'auroi fait que le contraire.
Car le temps perdre vous croyez,
Durant lequel Dieu ne priez.
Il faut donc finir la Legende,
Priant Dieu qu'vn chacun s'amende,
Et qu'il garde en bonne santé
Premierement sa Majesté,
Et la Reyne qu'on tient si bonne,
Qui de si beaux enfans nous donne,
Et apres Messieurs ses enfans,
Monseigneur le Duc d'Orleans,
Et puis apres son Eminence
L'honneur du Royaume de France,
Puis tous ceux que vous cherissez,
Vous qu'on ne peut cherir assez;
Vous noble pucelle tres-saincte
Qu'vn chacun doit aymer sans feinte,
Et que i'ayme ou s'en faut bien peu,
Plus que ie n'ayme mon neueu,
Mon oncle, ma niepce, & ma tante,
Choisissez lequel vous contente:
Pour moy d'estre iamais content
Ie n'espere pas iusqu'à tant
Que dans la Cour on vous reuoye
Et lors certes i'auray grand ioye;

Et de tous mes membres tortus,
Ie ne me ressouuiendray plus.
Cependant, ô noble pucelle,
Conseruez moy quelque parcelle
Dedans vostre beau souuenir,
Qu'au sien me veille aussi tenir:
Vostre sœur que beaucoup i'honore
Et Monsieur vostre frere encore,
Et moy chetif ie vous promets,
De deuenir bon desormais,
Et que mon cœur à vostre exemple,
Se fera deuot comme vn temple,
Ou bien pour commer autrement
Et mesme plus deuotement
De me rendre à l'exemple vostre
Deuot comme vne patenostre
Faisant tous les soirs examen
Afin de me sauuer, Amen.

Cy fine la seconde Legende
de Bourbon.

A
MADAME
D'HAVTEFORT.

'AY beau faire du quant à moy,
Si me trouuay-ie en grand esmoy.
Quand assis dans ma chaise grise,
Vis à vis de la Reyne assise;
Ie me trouuay pasle & deffait,
Sans parure & sans attiffet,
Que volontiers ie donneroye
Quelque chose si ie l'auoye,
Si mon col auoit esté lors,
Tant soit peu plus droit & moims tors;
Car estrange estoit ma figure,
Comme mon esprit se figure.
Quoy que ie me fusse efforcé,
D'estre veu là bien agencé,
Et que ma face enjoliuée,

Deſſur ſa machoire lauée
Euſt eu quelques coups de raſoir,
Et certes il m'euſt fait beau voir
Auecq vne barbe mal faite,
Et menton comme vne eſpouſſette,
Scandaliſer tel Cabinet :
Mais quoy que i'euſſe muſeau net,
Et qu'à deſſein de moins deſplaire,
Ie me fuſſe au matin fait raire;
Quoy qu'esbarbé quoy que tondu,
Ie fus pourtant bien eſperdu;
Et quoy qu'aſſiſté d'vn bon Ange,
Mon eſtonnement fut eſtrange,
C'eſt vous qui ce bon Ange eſtiez,
Dame Hautefort qui m'aſſiſtiez,
Et qui r'aſſeuriez toute bonne
Noſtre tres-confuſe perſonne,
Tant i'auois tous les ſens rauis
De me rencontrer vis à vis
De cét obiect tout adorable,
De cette Reyne incomparable,
La meilleure que la France ait
Veû regner ſelon ſon ſouhait.
Contemplant ſon diuin viſage,
Ie me ſentois dans le courage
Ie ne ſçay quelle emotion

Pleine de veneration.
Elle auoit au bout de ses manches
Vne paire de mains si blanches,
Que ie voudrois en verité,
En auoir esté soufletté,
En d eust ma face ja flestrie
En paroistre toute meurtrie.
Par cet eschantillon si beau,
Il faudroit estre plus que veau,
Pour ne iuger que cette Reine,
Corps d'Iuoire habillé d'Ebene,
Est vn corps aussi bien formé,
Qu'il est de belle ame animé.
D'vne ame aux grandes choses nee
Maistresse de la destinee,
Dedans l'heur & l'aduersité,
Gardant tousiours sa fermeté.
Vous qui l'aimez plus que vous mesme,
Vous que i'ose dire que i'aime
Autant que quelqu'vn peut aimer,
Oserois-je vous informer
D'vn petit moyen tres-facile,
A sa Maiesté tres-vtile,
Car elle peut en empescher,
Force honnestes gens de pecher,
Qui m'appellent par grand mensonge,

Helas! i'en rougis quand i'y songe,
Par tout Monsieur l'Abbé Scarron:
Mais i'en aurois esté larron,
Si ie iouïssois d'Abbaye,
Car helas en iour de ma vie
On ne m'a iamais rien donné,
Quoy que ie sois en soutané,
Et depuis que robe ie traine,
Ie conte pres d'vne sepmaine,
Quatre ou cinq mois & quatorze ans,
Dont les cinq derniers peu plaisans,
Font que ie souhaite à toute heure,
Ou la mort, ou santé meilleure.
Mais de mon Office nouueau,
Mon destin me semble si beau,
Que souuent pauure cul de iatte,
Tout seul de rire ie mesclatte,
Si bien que qui lors me verroit,
Tres-iustement fol me croiroit,
Non pour souhaitter Abbaye,
Car ce n'est pas grande folie,
Au miserable qui n'a rien
De souhaitter vn peu de bien.

FIN.

5

l'eglise des minimes   adieu au marais p. 5

legende de bourbon

pleau vig

pres a la gorge 26.

perroquet esthr. 33. 34

Narcisse 33 64

leg. de promethee 22

Epithalame   30 pisarelli

perroquet esthore 33 34

Mercure 37

Epithalame Jaxes 33 pitoque 26

www.ingramcontent.com/pod-product-compliance
Lightning Source LLC
Chambersburg PA
CBHW061708180626

46818CB00003B/1314